银发川柳

# 人生已经不迷茫 但是会迷路

日本公益社团法人全国养老院协会 著
〔日〕古谷充子 绘
赵婧怡 译

人民文学出版社
PEOPLE'S LITERATURE PUBLISHING HOUSE

著作权合同登记号 图字01-2021-2641



图书在版编目(CIP)数据

人生已经不迷茫 但是会迷路 / 日本公益社团法人全国养老院协会著 ; (日) 古谷充子绘 ; 赵婧怡译. -- 北京 : 人民文学出版社, 2022
(银发川柳)
ISBN 978-7-02-016099-0

Ⅰ. ①人… Ⅱ. ①日… ②古… ③赵… Ⅲ. ①诗集—日本—现代 Ⅳ. ①I313.25

中国版本图书馆CIP数据核字(2021)第250959号

责任编辑 朱卫净 王皎娇 胡晓明
装帧设计 李苗苗

出版发行 人民文学出版社
社 址 北京市朝内大街166 号
邮政编码 100705

印 制 山东新华印务有限公司
经 销 全国新华书店等

字 数 74千字
开 本 787毫米×1092毫米 1/32
印 张 3.875
版 次 2022年3月北京第1版
印 次 2022年3月第1次印刷

书 号 978-7-02-016099-0
定 价 36.00元

如有印装质量问题, 请与本社图书销售中心调换。电话:010-65233595

# 银发川柳5

## 烦恼篇

这本川柳的主题，简而言之，就是老年人所特有的烦恼。日本内阁府的《关于老年人的日常生活意识调查》（2014年）中提到，在老年人中，与“健康与疾病”“看护”“收入”等相关的担忧是最多的。《日本经济新闻》以千人为对象的调查（2012年）中提到，“老龄化带来的判断力下降”“房子翻新”“想交新朋友”“失眠”“家庭安全对策”等问题也颇受关注。

# I

把身份证号[注]
听成了
阿弥陀佛

泽登清一郎·男性·山梨县·67岁·个体户

注：日文中『身份证号』和『阿弥陀佛』发音相近

心血来潮玩壁咚
终于给了我一次
买新裤子的机会

伊藤敏晴·男性·福井县·69岁·无业

拒绝相信
脑力测验结果时
就知道自己已经老了

嘉麻步子·女性·爱媛县·67岁·无业

人生已经不迷茫
但是会迷路

片上映正·男性·爱媛县·47岁·公务员

所谓老了就是
药的品种增加
和记忆力衰减

黄昏迫子·女性·爱知县·68岁·主妇

相册里贴好便条
注明哪张当遗像

铃木富士夫 · 男性 · 埼玉县 · 65岁 · 个体户

碗里饭菜撒出来
我和狗狗
一起抢

努力吃饭的人·女性·熊本县·68岁·主妇

想来个击掌庆贺
结果手抬不起来
只能象征性地伸下手

春十八番·男性·北海道·48岁·公司职员

人人只道长寿好
可是孩子很辛苦

里山小狸・女性・爱媛县・63岁・儿童英语会话教室讲师

要是没寄新年贺卡
别人就会以为
你死了

角森玲子·女性·岛根县·47岁·个体户

俩人聊天错频道
明明驴唇不对马嘴
还是很欢乐

小田岛忠彦 · 男性 · 神奈川县 · 74岁 · 自由职业者

耳朵实在太背
别人重复说了三次
只好傻笑假装听见了

广濑昌晴·男性·大阪府·69岁·无业

浪花节[注]
是什么节
老婆问我

日比野勉·男性·岐阜县·74岁·无业

注：日本的一种大众曲艺，以通俗易懂的曲调说唱故事

准备整理心情
告别世界时
过往的回忆成了阻碍

花水月·女性·神奈川县·92岁·无业

总是觉得不该扔
不知不觉中
家里变成垃圾场

高里安·女性·东京都·63岁·无业

死了以后
麻烦你们在追悼会上
好好夸我几句

山口义雄·男性·千叶县·72岁·个体户

老人协会里
人人都是藏在民间的
医学高手

井上荣二 · 男性 · 千叶县 · 82岁 · 无业

明明要向上走
现在却得
看脚下

阿乐·男性·埼玉县·69岁·个体户

四十年来常相伴
饭菜味浅情却浓

中村和雄·男性·千叶县·80岁·无业

只要散步戴袖标
就能变成巡逻员

桥本澄子・女性・大分县・59岁・公司职员

# II

以前想要确认爱情
而现在只想确认
睡着时还有没有呼吸

泽井拓司·男性·广岛县·64岁·无业

孙子的名字
不会读也不会写
更不知道是啥意思

柴田弘二 · 男性 · 福岛县 · 78岁 · 无业

越来越稀薄的有
头发　记忆力
还有存在感

北斗·女性·大阪府·46岁·家政人员

智能手机
是什么新的烧鸡
老爸问我

山崎志郎·男性·三重县·68岁·无业

年轻时图书馆里睡觉
现在却总失眠
真是现世报

小松武治·男性·东京都·76岁·无业

い
あ
え
う
か

想从记忆里搜索什么
得从拼音a开始找

岛原峰·女性·福岛县·72岁·主妇

和你的相遇
是『婚活』的结束
也是『终活』注的开始

欢迎新古先生·女性·群马县·52岁·主妇

注：『婚活』指为了结婚而进行的包括相亲在内的一系列活动，『终活』指为自己的临终做的准备

在公司熬到退休后
老婆变成了上司

猪俣峰子·女性·福冈县·68岁·主妇

走进家门
发现不对头
原来进了别人家

林原空·女性·鹿儿岛县·21岁·学生

天天跑医院
今天骨科
明天内科泌尿科

黑木充生·男性·大分县·73岁·无业

两件大事望儿知
胃酸很多
遗产很少

大阪优·男性·大阪府·59岁·个体户

芭蕾舞大会上
只有老婆跳的是
孟兰盆舞[注]

注：孟兰盆节在每年的七月十五日举行。孟兰盆舞是在节日期间集体性表演的一种舞蹈

子木小姐・女性・大阪府・62岁・主妇

为了排队买超市半价品注
晚饭也跟着
推迟了

江户川散步·男性·千叶县·62岁·个体户

注：在日本，八点以后超市的熟食会开始打折

练习书法中
老婆过来问
这是你的法号[注]吗

莲见博・男性・枥木县・62岁・无业

注：在日本，去世的人会有一个法号，不过，一般会在生前就准备好

儿媳偶尔来一次
我们争取让她
感受到贵宾级待遇

OK女士・女性・埼玉县・63岁・兼职打工者

人生八十年
第一次觉得走了桃花运
是在找护工的时候

大妈妈·女性·香川县·30岁·医院兼职工作者

今天过生日
忘了买蜡烛
从佛坛上先借几根

铃木富士夫・男性・埼玉县・个体户

又要发养老金了
我在思考
会不会有年终奖

浦羊次 · 男性 · 岐阜县 · 72岁 · 无业

只要上了年纪
人人都能得
『脑背尔奖』

安井稔夫·男性·埼玉县·83岁·无业

所谓余生
就是听老婆的话
好好过日子

加茂和巳 · 男性 · 千叶县 · 80岁 · 无业

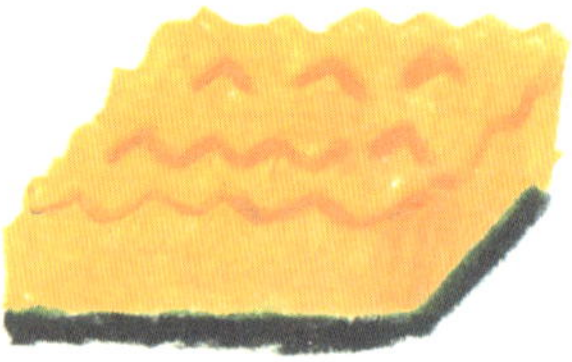

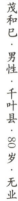

# III

想要按下马桶冲水键
结果不小心
按响了报警铃

播摩京香・女性・北海道・11岁・小学生

出去散步被叮嘱
可千万
别找不到回来的路

加藤义秋・男性・千叶县・67岁・无业

孙子一人的开学典礼
结果
跟着去了一家子

中井郁子·女性·岐阜县·49岁·兼职打工者

去照×光片
要求憋口气
结果咳嗽到停不下

竹内照美·女性·广岛县·58岁·公司职员

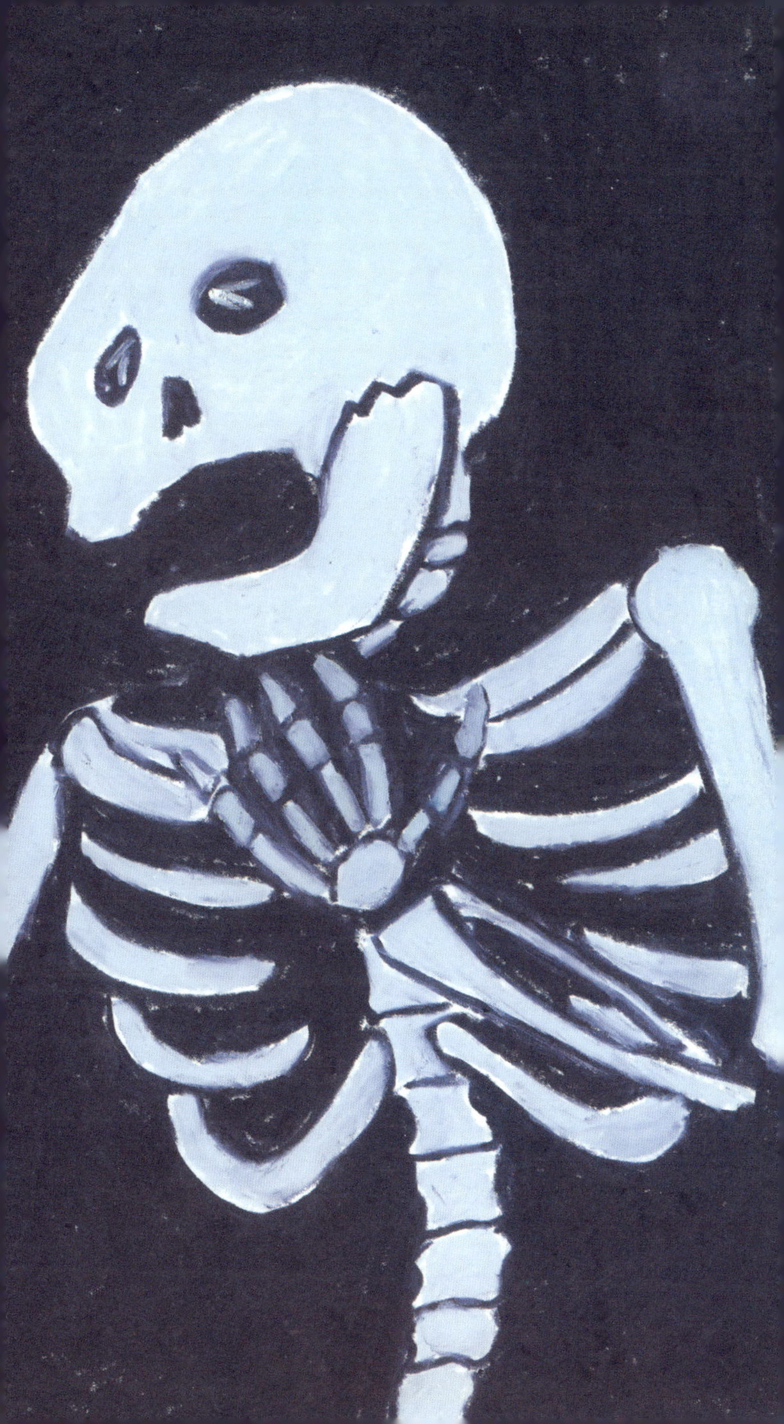

# 长寿者知名景点

## 永田町[注]

注：日本总理大臣官邸、众议院议长官邸等所在地，日本的国家政治中心

猪口和则·男性·爱知县·53岁·公司职员

脸上皱纹实在多
喜怒哀乐怎么变
脸上根本没区别

增田真奈美・女性・东京都・45岁・主妇

同学聚会
干杯之前
先默哀

下条恋蛇·男性·东京都·77岁·无业

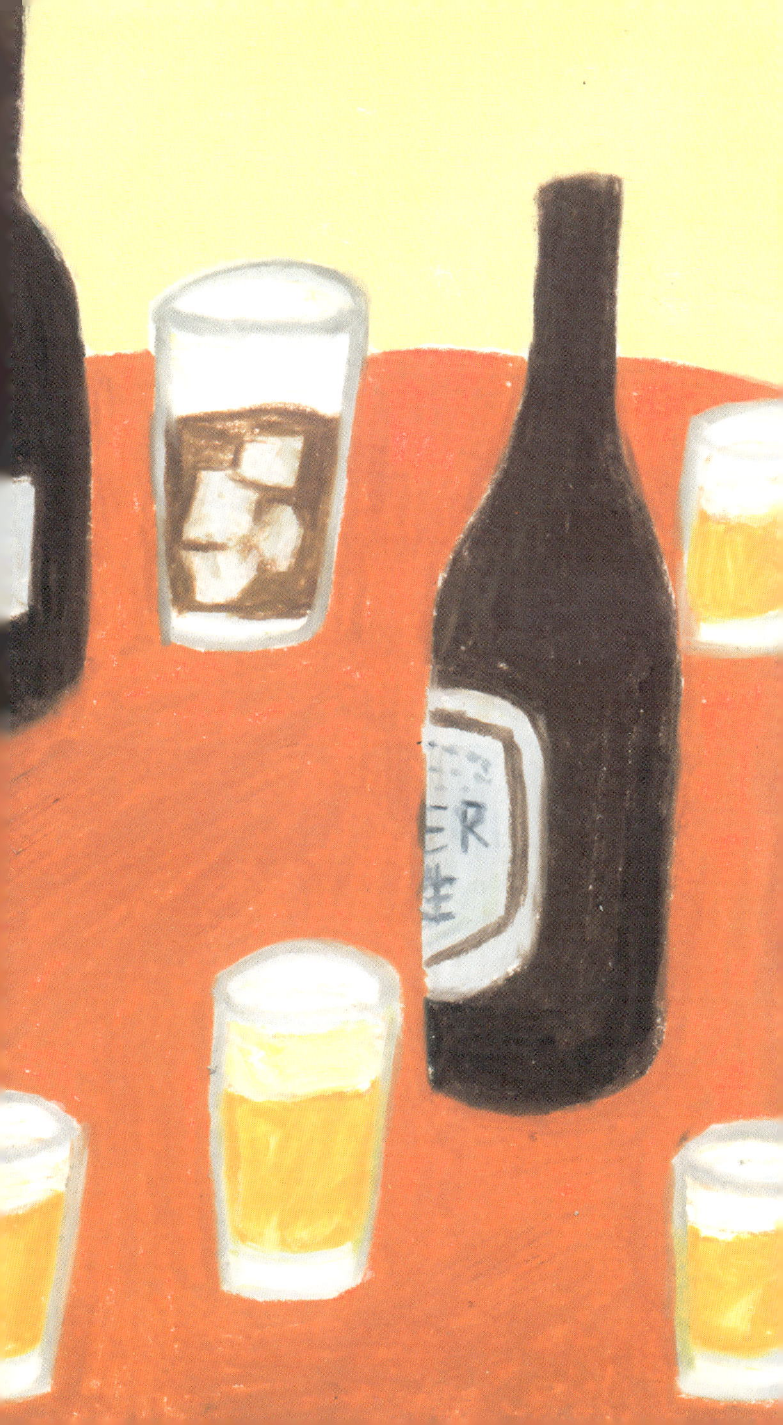

生了急病
比儿子先到的
是急救车

海老原顺子·女性·茨城县·59岁·主妇

孙子长了个
家里睡觉时
从『川』字变成『小』字

松川泪红·男性·埼玉县·77岁·无业

这是我在亚马逊上买的
孙子说道
你啥时候去的亚马孙[注]雨林

高桥和佳奈·女性·高知县·28岁·主妇

注：『亚马逊』和『亚马孙』的日语发音一样

想做拉伸运动
结果扭伤了
只能去医院

山本一己・男性・千叶县・66岁

想要长命百岁
可是好像
预算不够

金子秀重·男性·岐阜县·61岁·个体户

我们老年人
只是站着
都好像在跳舞

伊藤久子·女性·埼玉县·84岁

打了个喷嚏
都不知道是该
先捂鼻子
还是先夹紧屁股

雨宫惠二・男性・大分县・83岁・无业

出门散步前
特意把我的衣服
给会找东西的狗闻闻

锹田美奈子・女性・熊本县・61岁・主妇

保洁员要来家里
我赶紧把房间
打扫了一遍

老见荣晴·男性·神奈川县·64岁·无业

百岁母亲对我说
你可别比我先死啊

中川洁·男性·福井县·49岁·公司职员

天气有变化
不用看电视
膝盖先知晓

西田勋·男性·北海道·77岁·无业

养老院里大比拼
谁家儿媳最难搞

久保木主税·男性·千叶县·59岁·公务员

出体检结果那天
老妈义正词严地
让我去给她打气

门协信博・男性・兵库县・64岁・人事管理人员

爷爷和奶奶
你喜欢哪个啊
我们对着狗狗问

延泽好子·女性·神奈川县·62岁·兼职打工者

因为是路痴
有点怕找不到
去天国的路

可可·女性·埼玉县·41岁·主妇

反复测血压
直到数值
让自己满意为止

田中多美子・女性・三重县・60岁・主妇

母亲已经出站了
才想起
找车票

平野喜美代·女性·东京都·68岁·花店经营者

# IV

人多了
害怕疲劳呼吸过了注
睡着了
害怕直接呼吸没了

玉谷文子・女性・大阪府・56岁・主妇

注：即过度呼吸症候群，是急性焦虑引起的生理心理反应

老婆半夜摇醒我
想看我到底是睡着了
还是死了

阿部浩·男性·神奈川县·54岁·公司职员

跟跟跄跄
追在蹒跚学步的
孙子后面

西村嘉洸·男性·神奈川县·73岁·无业

我借用了
孙子的
学步器

小野寺祐次·男性·北海道·61岁·无业

轮到帅哥医生值班时
我就会很凑巧地
患上感冒

赤木贵枝 · 女性 · 千叶县 · 48岁 · 主妇

马上就到
站起来走路
也会失禁的年纪了

星川静香・女性・岩手县・71岁

被护工抱起来时
爷爷突然脸红了

源义弘・男性・爱媛县・46岁・个体户

去自动取款机取钱
没有人敢排在
我后面

山下奈美・女性・静冈县・40岁・主妇

通帳
カード
お引出し
お預け入れ
お振込
残高照会
通帳記入
その他

要说晚上出去玩
以前是我最喜欢
现在老婆很在行

青木茂久·男性·岐阜县·65岁·公司职员

同孙子玩游戏时
他已经开始
手下留情了

田冈弘・男性・香川县・71岁・无业

特意去一趟寺庙
只为咨询
什么法号比较好

南政义・男性・大阪府・73岁・无业

已经不能被称为人才的我
去职业介绍所
登记了

角森玲子·女性·岛根县·45岁·个体户

孙子对我说
外公给了他
一万日元的压岁钱

我乐多·男性·大阪府·75岁·无业

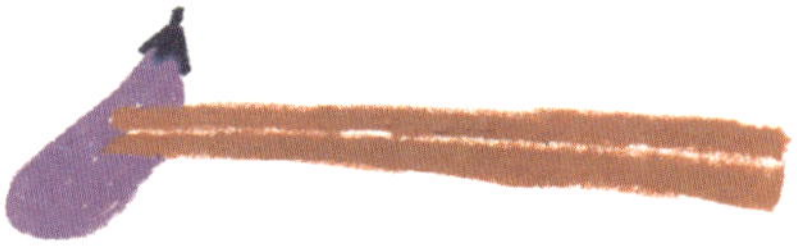

吃早饭时
老公突然问我
晚饭吃啥呀

新妈妈・女性・三重县・63岁・主妇

老人协会选会长
看谁吃的药最多

高岛修・男性・埼玉县・62岁・公司职员

每天坐在电话前
等诈骗电话打过来
就可以开始说教啦

田中伯子·女性·岐阜县·73岁·主妇

脸上得意藏不住
只因知道
老年病的最新称呼

桥立英树 · 男性 · 新潟县 · 46岁 · 公务员

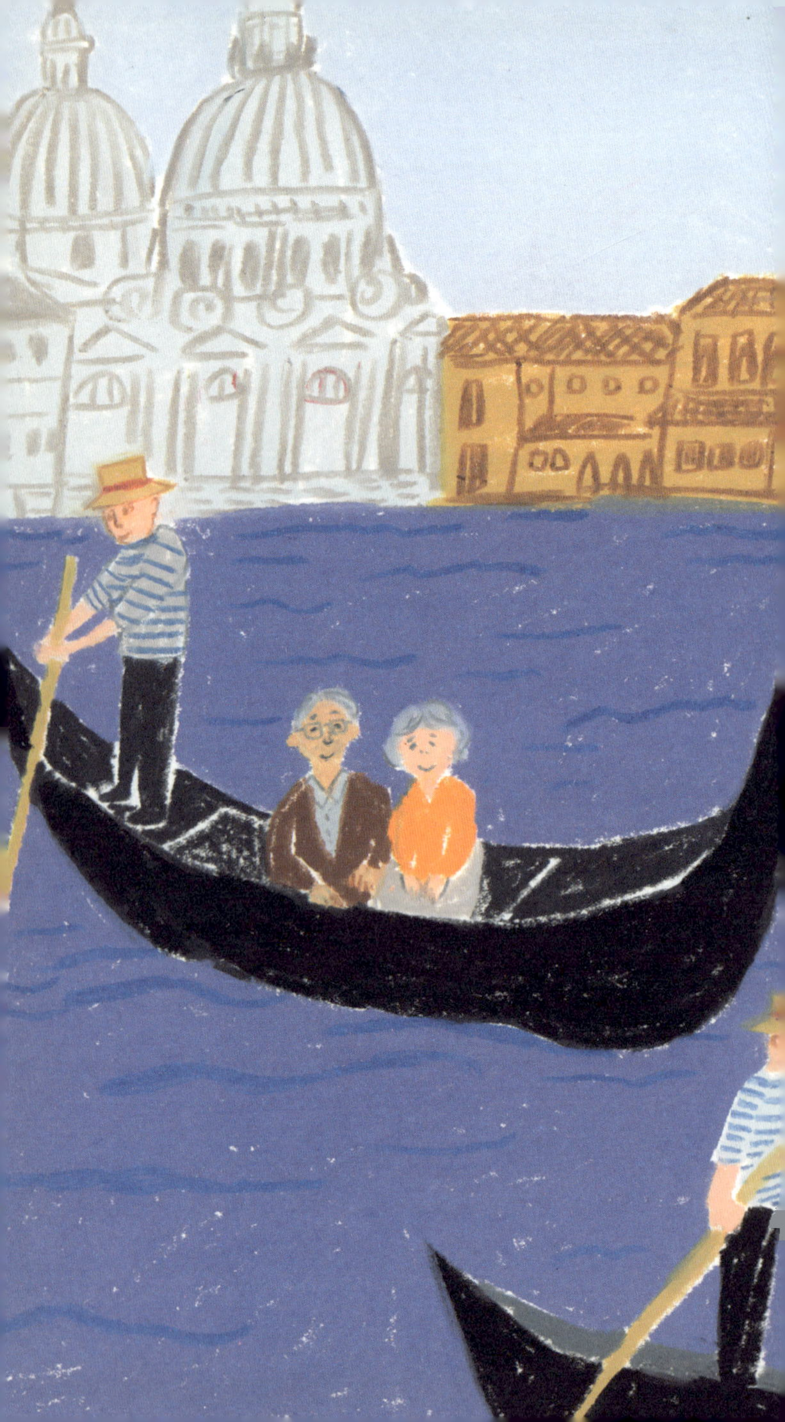

夫妻二人年纪大
只能转动地球仪
圆自己的旅游梦

石川升·男性·东京都·59岁·银行职员

深更半夜
夫妻二人
排队上厕所

德田瑞木·女性·大阪府·70岁·无业

推着老伴的轮椅
心中默念
好想自己也坐上去啊

井田富江・女性・神奈川县・85岁・无业

老婆和我
不知不觉已变成
妖和怪

木瓜·男性·神奈川县·77岁·无业

父母智慧多
故意不接电话
孩子就能回家看看了

酒井具视·男性·东京都·37岁·公司职员

连吃块年糕注
都要做好
心理建设

注：日本人爱吃年糕，但老人特别容易被年糕噎住

山田太夫·男性·北海道·56岁·公司职员

爷爷正在
用水笔
给自己延长生命线

野濑智慧子·女性·千叶县·75岁·无业

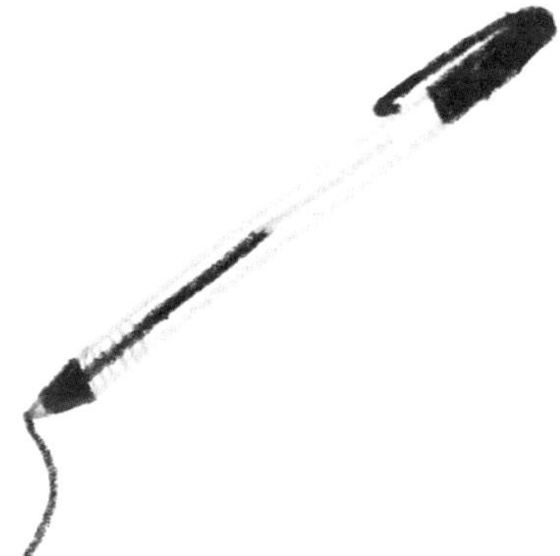

# 后记

“不知不觉就笑出声来，简直感同身受”“只要是家人和朋友聚会的场合，我一定会带去”。备受读者喜爱的“银发川柳”，终于迎来了续篇。

“银发川柳”是日本公益社团法人全国养老院协会从2001年开始、每年都会举办的川柳作品征集活动。这是一项以轻松愉快地创作川柳、积极肯定老年生活并从创作中得到乐趣为初衷的征稿活动。至今已经收到了超过14.8万首的投稿作品。



第十五届征稿活动在2015年举办，这一年我们共收到投稿11899首。投稿者的平均年龄为71.4岁，最年长者为102岁的女性，最年少者为13岁的中学生。投稿者以70岁的年龄层为最多，占了全体投稿者的30%，接下来是60岁和80岁的年龄层。男性投稿者占53.2%，女性占46.6%[①]，与去年相比，女性投稿者的数量有小幅增加。

本书中共收录88首作品，其中包括第十五届活动中入

① 有部分投稿者未标明性别。

围的作品20首，再配上古谷充子老师的插画，一定能够给予您欢笑的力量。

川柳中经常涉及的题材，无论如何都避不开“容貌、肉体、记忆力衰退”这类自嘲的内容。今年，“家庭”也成了较为常见的主题。特别是丈夫退休后，关于其家庭地位的自嘲式描写每年都会出现。与来访的孙子玩闹以及代沟的话题，对儿媳、妻子、父母、祖父母等家人的描绘，也让人深感家庭羁绊之深。

在作品中融入时事热点，也是川柳的特色之一。今年[①]是“二战”结束七十周年，“战争”“和平”“自卫权”“安保”等词语经常出现在作品中。除了“临终活动”“临终笔记”等高龄人士非常关心的关键词外，“壁咚”“身份证号”“大脑锻炼”“《Let it go（随它吧）》[②]”等在影视剧和新闻中常见词语的出现频率也很高。此外，去年就经常出现的关于“东京奥运”的主题今年仍然有不少。

本书收录了像“所谓老了就是 / 药的品种增加 / 和记忆力衰减”“老人协会里 / 人人都是藏在民间的 / 医学高手 ”此类常见主题的内容，也有“心血来潮玩壁咚 / 终于给了我一次 / 买新裤子的机会”“把身份证号 / 听成了 / 阿弥陀佛”这样的。今年的入选作品将流行语和时事关键词融入了老年生活，真是丰富多样。



① 本书日文版出版于2015年。

② 电影《冰雪奇缘》的主题曲。

希望老人们都能积极面对生活，虽然每个人都有烦恼与不安，但是这些与家人和朋友在一起的快乐点滴，能为我们每日的生活增添乐趣。如果本书能够博大家一笑，那将是我们的无上之喜。

最后，向所有为本书提供作品的作者，表达诚挚的感谢。

日本公益社团法人全国养老院协会

白杨社编辑部